TEMPO(S) E JEITO(S) PARA VIVER

Catalogação na Fonte
Elaborado por: Josefina A. S. Guedes
Bibliotecária CRB 9/870

B522t
2022

Bernardes, Sara
Tempo(s) e jeito(s) para viver / Sara Bernardes; ilustração e capa Lídia Farias. - 1. ed. - Curitiba : Appris, 2022.
91 p. ; 21 cm.

Inclui bibliografia.
ISBN 978-65-250-3267-2

1. Ficção brasileira. 2. Educação. 3. Emoções. 4. Covid-19. I. Título. II. Série.

CDD - 869.3

Appris editora

Editora e Livraria Appris Ltda.
Av. Manoel Ribas, 2265 - Mercês
Curitiba/PR - CEP: 80810-002
Tel. (41) 3156 - 4731
www.editoraappris.com.br

Printed in Brazil
Impresso no Brasil

Sara Bernardes

TEMPO(S) E JEITO(S) PARA VIVER

Appris editora

FICHA TÉCNICA

EDITORIAL	Augusto V. de A. Coelho Marli Caetano Sara C. de Andrade Coelho
COMITÊ EDITORIAL	Andréa Barbosa Gouveia (UFPR) Jacques de Lima Ferreira (UP) Marilda Aparecida Behrens (PUCPR) Ana El Achkar (UNIVERSO/RJ) Conrado Moreira Mendes (PUC-MG) Eliete Correia dos Santos (UEPB) Fabiano Santos (UERJ/IESP) Francinete Fernandes de Sousa (UEPB) Francisco Carlos Duarte (PUCPR) Francisco de Assis (Fiam-Faam, SP, Brasil) Juliana Reichert Assunção Tonelli (UEL) Maria Aparecida Barbosa (USP) Maria Helena Zamora (PUC-Rio) Maria Margarida de Andrade (Umack) Roque Ismael da Costa Güllich (UFFS) Toni Reis (UFPR) Valdomiro de Oliveira (UFPR) Valério Brusamolin (IFPR)
SUPERVISOR DA PRODUÇÃO	Renata Cristina Lopes Miccelli
REVISÃO	Isabela do Vale Poncio
DIAGRAMAÇÃO	Renata Cristina Lopes Miccelli
ILUSTRAÇÃO	Lídia Farias
CAPA	Isabela Bastos
COMUNICAÇÃO	Carlos Eduardo Pereira Karla Pipolo Olegário Kananda Maria Costa Ferreira Cristiane Santos Gomes
LANÇAMENTOS E EVENTOS	Sara B. Santos Ribeiro Alves
LIVRARIAS	Estevão Misael Mateus Mariano Bandeira
GERÊNCIA DE FINANÇAS	Selma Maria Fernandes do Valle

Para todas as Felícias, Valências, Emílios, Levis, Auroras, Constanças, Catarinas, Serenas, Antenores, Gentis, que bravamente escrevem suas histórias de vida, cotidianamente, com traços fortes e profundamente articulados com a essência de quem verdadeiramente são, ultrapassando limites que lhes são impostos...

Para todos os professores que também são Esperança... Generosa... e, guerreiramente contribuem para que histórias de vida do mundo real sejam escritas, reescritas, contadas e recontadas... principalmente durante este período de pandemia, que se reinventaram, deixando ainda mais visível o quanto são capazes de contribuir na transformação de vidas... vidas transformadas mudam o mundo.

Ao Médico Francisco Honorato Sobrinho (in memoriam)*, carinhosamente conhecido como Chicão, que por se permitir ser um profissional humano, sensível ao próximo, por sua dedicação no atendimento à saúde de seus pacientes na Rede Pública de Saúde, antes e durante a pandemia da covid-19, nos inspirou a compor esta obra baseada em fatos reais recorrentes no nosso contexto, compartilhando histórias do nosso mundo... A todos os profissionais da área da saúde que, assim como o Dr. Chicão, não medem esforços para salvar a vida, vítima da covid-19 ou não, sempre estão lutando e buscando o melhor para a saúde e bem-estar da população, que fazem da área da saúde sua missão e ato de amor. Que se dedicam e amam essa área, fazem dela sua luta pelo próximo, heroicamente sem nunca desistir...*

DR. CHICÃO[1]

Depoimentos reais dos colegas de trabalho do Dr. Francisco Honorato Sobrinho:

"Era alguém que se dedicava muito, que amava a medicina e lutava pelo próximo. Estava na frente da batalha, lamentamos profundamente."

Carlos Eduardo Queiroz.
Foi colega do doutor Francisco Honorato
em um hospital de Montes Claros.

"Acompanhar um colega, que labuta no dia a dia e que ombreia com você determinada missão, e o seu estado deteriorar apesar de todo esforço e de todo recurso utilizado é doloroso. Fica para a gente aquela pessoa com a cara de durão, que era grande porque tinha que caber naquele corpo enorme um coração gigante."

Antônio Cedrin.
Também é médico e trabalhou com Chicão no Samu
e na Santa Casa. Para ele, o colega e amigo será lembrado
como profissional que exercia a medicina
com comprometimento e muito amor.

---

[1] Francisco Honorato Sobrinho, carinhosamente chamado por Chicão, era médico, 43 anos, trabalhava no Samu e em dois hospitais, morreu em agosto de 20220 com covid 19. Ele atuou de forma heroica na tragédia da Creche Gente Inocente (MG).

SUMÁRIO

A DECISÃO

Me recordo que naquela manhã fria, chuvosa, acordei aquecida pela coragem, movida pelo incentivo proporcionado por minha mãe, fui à escola determinada a tentar uma aproximação com a novata da escola, é, aquela que todos chamam de diferente, estranha... Creem que é bem assim que todos na escola se referem a ela? Mas na verdade o nome dela é Felícia.

Desde que conheci Felícia, desejei muito poder me aproximar dela, conversar, conhecê-la um pouco mais, ter a oportunidade de mostrar que ela não estava sozinha ali, que não havia nenhum motivo para que ela se comportasse daquela maneira.

Olha, eu preciso dizer a verdade, muitas vezes cheguei a pensar que Felícia se comportava daquela maneira por estar passando por algum problema muito sério e quem sabe seria até porque sua mãe a matriculou em nossa escola contra sua própria vontade, pois ela gostava muito da escola anterior, dos amigos que deixou lá... que ela deveria estar achando que na nossa escola ela não encontraria amigos tão TOP quanto os que deixou na antiga escola.

Realmente, o novo e as incertezas não é nada fácil... né?

Vou te contar um segredo, espero que não saia por aí espalhando o que vou lhe dizer: eu sabia bem o quanto era pavoroso iniciar as aulas em uma nova escola em pleno decorrer do ano letivo, especificamente no mês de outubro, enfim, o quanto era terrivelmente difícil lidar com algo novo. Também precisei passar por essa situação; para dizer a verdade, faz muito tempo, foi justamente durante a pandemia da covid-19. Aliás, a necessidade de mudar de escola foi apenas um dos reflexos que aquela pandemia forçadamente impôs sobre minha vida, me lembro como se fosse hoje, foram dias muito tenebrosos, impossíveis de serem deletados da minha memória e do meu coração.

Você também deve se lembrar daquela pandemia que ficou conhecida como pandemia do coronavírus, aquela que trouxe a triste necessidade de um longo e doloroso isolamento social no mundo todo, trouxe também irreparáveis perdas para muitas pessoas, incluindo para mim. Caramba, como esquecer aquela pandemia tão cruel!!??

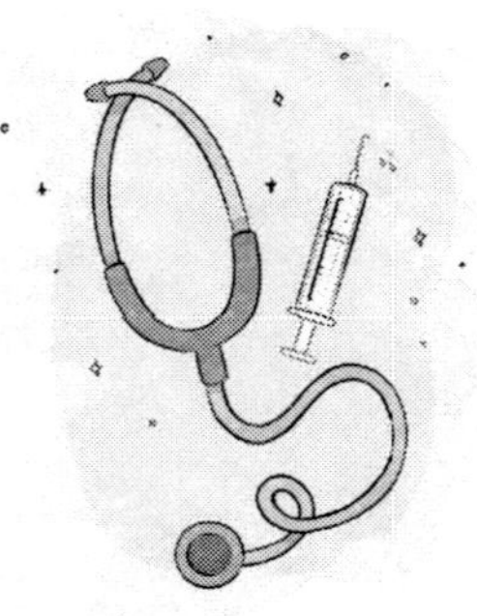

E, como estava dizendo, quando observava Felícia na escola, acreditava que ela estava passando por alguma dificuldade em lidar com o novo, porque quando passei por essa experiência de mudança de escola, em pleno momento daquela pandemia e do isolamento social que ela trouxe, realmente foi algo tão surtante para mim!!

Bom, já que se dispôs a ouvir o meu segredo, antes de prosseguir, primeiramente pensei em dar logo um *spoiler* da minha história, assim saberá mais sobre mim, minhas experiências, e talvez entenderá melhor o que chamo de "meu segredo". Você está interessado em saber?

Ah, sim!! Então, antes do meu *spoiler*, quero só dizer uma coisinha... mesmo passando por aquela necessidade de isolamento social, por tantas experiências desafiadoras que a pandemia trouxe, além de outras experiências que a própria vida fez questão de me entregar como se fosse uma caixinha de surpresa... sempre me permiti acreditar que nunca estive só em nenhum desses momentos, pois aquele que se identificou com o que vivi, com o que senti, por esta simples e complexa razão, foi solidário e fez com que eu sentisse a sensação de não estar só.

Talvez você compreenda o que estou dizendo... Talvez já sentiu ou recebeu o sentimento de solidariedade de alguém. É, apenas talvez...

O GRANDE SPOILER

Então vamos lá... vamos ao spoiler!

Pois bem, mesmo depois de tanto tempo, ainda carrego aqui dentro o peso daquela pandemia, um peso que se transformou em toneladas de infinitas saudades..., pois eu fui uma entre as milhões de pessoas do mundo que perdeu um ente querido para a covid-19 naquele ano de 2020.

Eu perdi meu pai!

O meu pai, por ser médico, durante a pandemia do coronavírus, trabalhava na chamada “Linha de frente”. Trabalhava no Samu e também no Hospital Santa Casa da cidade em que morávamos. Meu pai dava tudo para salvar vidas naquela guerra, ajudou tanta gente a guerrear contra a morte e ter sua própria vida como recompensa. Por ter sido um médico muito dedicado à sua profissão, foi chamado de anjo, de herói por muitos, por muito mesmo, mas especialmente por mim quando naquele período de pandemia, por não poder voltar para casa após sua jornada de trabalho, se isolava fisicamente da gente como medida de segurança, só pra nos polpar de sermos contaminadas com o vírus da covid-19. Papai dizia que me amava tanto que era até capaz de se distanciar fisicamente pra me proteger:

— Papai, você realmente é um herói!!!

Quando me ouvia dizer essas palavras, tinha sempre a mesma resposta:

— E nunca se esqueça que seu herói te ama do tamanho do infinito...

Mesmo tendo que manter a necessidade de um isolamento físico do meu herói, era maravilhoso contar diariamente os minutos pra eu estar no momento exato de receber suas ligações, pois a gente se falava diariamente por chamadas de vídeo..., mas confesso que nunca, nenhuma de suas chamadas substituiu sua presença, seu abraço que me acolhia toda em seus braços...

É, meu pai Francisco, ou como todos carinhosamente o chamava, Dr. Chicão, realmente foi um herói, um grande herói que nunca usou capas, sempre vestiu jaleco, dava tudo para salvar a vida de seus pacientes. Eu sei o quanto salvar uma vida era prioridade para ele, me recordo bem de quando eu ainda era bem pequenina e ainda morávamos em Minas Gerais, o quanto fiquei orgulhosa de ver meu Herói na TV atuando de forma guerreira, heroica e real para salvar a vida daquelas pessoas envolvidas na triste tragédia da Creche Gente Inocente. Mesmo que a tragédia tenha terminado coma morte de dez alunos e três professores, sem desânimo e com muita determinação, meu pai ainda levou socorro em forma de vida e esperança para tantas crianças naquele dia, crianças que assim como eu era, carregavam consigo sonhos para uma vida inteira.

Naquele dia, quando ele chegou em casa depois de tudo, ao me reencontrar, nossa reação foi apenas de um bem prolongado abraço, desacompanhado de palavras. Era como se nosso abraço declarasse o quanto eu estava orgulhosa de ser filha de um herói que usava jaleco e ele grato por poder abraçar sua criança mais uma vez... apesar, é claro, que depois daquela tragédia, algumas mães não teriam mais a mesma oportunidade que ele estava tendo naquele momento.

Pra salvar outras vidas, o Dr. Chicão, como todos o chamavam, armou-se de sua própria vida, se vestiu de seu jaleco branco, e se revestiu do seu juramento de formação médica, aquele mesmo juramento que ele sempre declarava pra mim quando eu o pedia para não ir trabalhar, só pra ficar um pouco mais comigo... Ah, ele guardava esse juramento exposto num quadro pendurado na parede do escritório: "*Eu prometo solenemente consagrar minha vida ao serviço da humanidade; a saúde e o bem-estar de meu paciente serão as minhas primeiras preocupações [...]*",mas nada disso foi o sufi ciente pra fazer com que ele vencesse a morte, e então partiu pra nunca mais voltar!!!

Nem seu abraço, seu toque, nem a sua suave voz ao me acordar sussurrando em meu ouvido que eu era o presente mais valioso que a vida o havia dado, eu não pude sentir mais... nem o seu cheiro... que mesmo guardando em minha memória o seu doce cheiro, eu pude sentir...

Olha, confesso que ainda hoje gostaria de poder senti-lo mais uma vez aqui, sabe, aqui bem pertinho de mim, nem que fosse só pra dizer o não dito... pra vivermos o que não foi vivido... isso aconteceu por sempre acreditar em um novo amanhã, com a total certeza de que esse novo amanhã se fará real e tão de repente o amanhã até se faz presente e real, mas o que não está presente são as pessoas que dão sentido ao meu amanhã.

A ÚLTIMA CHAMADA

Mesmo tendo que ficar 22 prolongados dias de distanciamento físico do meu herói por ele estar atuando na Linha de Frente, logo veio a triste notícia de sua contaminação com o vírus da Covid-19 e a necessidade de sua internação, prolongando ainda mais os dias de distanciamento entre nós.

Sem saber ao certo o que realmente estava acontecendo com meu pai, me recordo que o tempo que tivemos, dias antes de sua ida para a UTI, foi apenas o suficiente, por parte dele, para uma rápida e sutil despedida por telefone, talvez por ter sido ele um médico que estudava e conhecia muito a medicina, só que mesmo conhecendo tanto da medicina, nunca abandonou um grande conhecimento transferido por vovô Antenor: ouvir sempre a voz do coração... Então, acredito aqui dentro de mim, que no dia daquela última ligação, seu coração já havia contado que lá em cima haviam dado sua última chamada pra partir, e por se tratar do meu herói Chicão, aquela última ligação realmente tinha que ser sem chamada de vídeo, somente para me poupar de ver a face entristecida de um herói em fase final de sua missão em um campo de batalha; entristecida porque talvez iria deixar o campo de batalha definitivamente naquele momento, sem ganhar aquela guerra, pois era o maior desejo que aquele soldado carregava em seu peito.

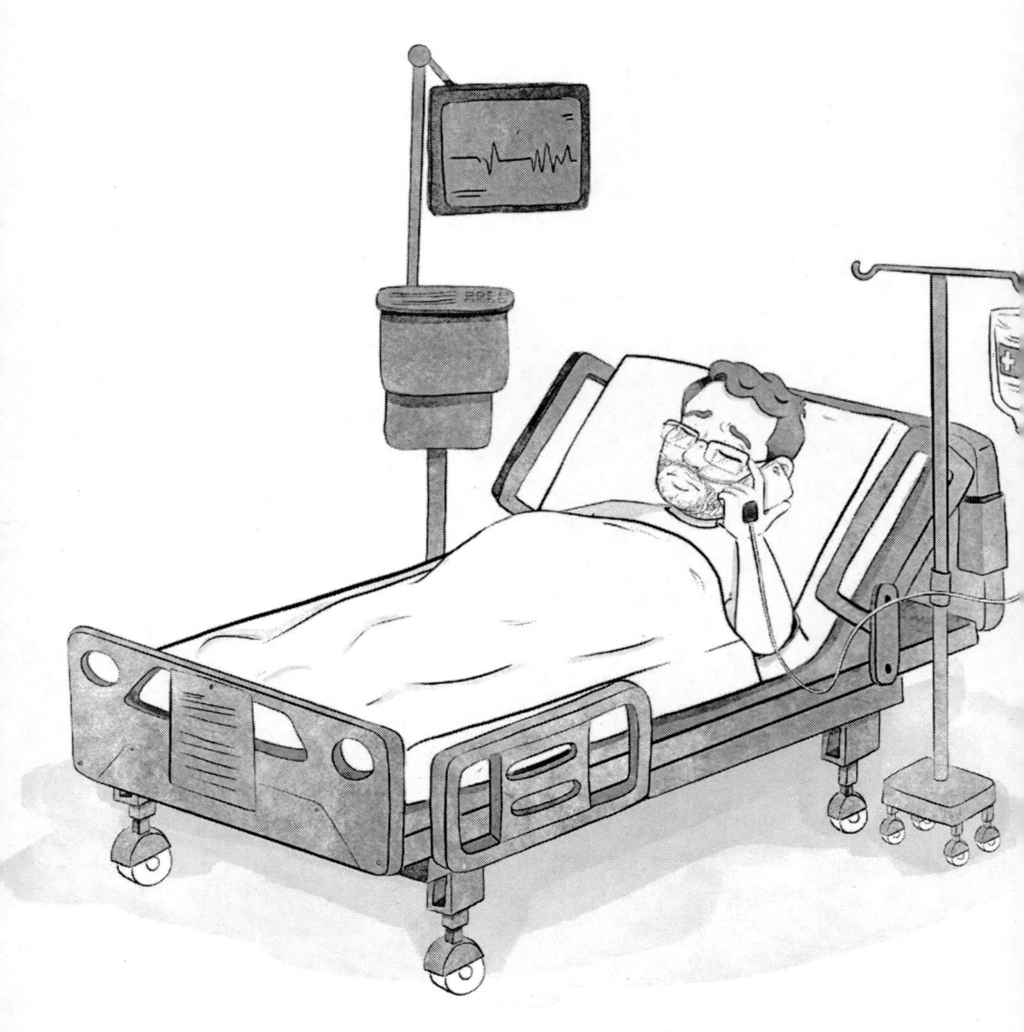

Ainda hoje, consigo bem imaginar como estaria naquele momento a face de um soldado que mesmo depois de ter concentrado todas suas forças a lutar diariamente no campo de batalha contra um grande exército de invisíveis soldados inimigos, traçando sempre estratégias de combate para dar fim a essa guerra, cujo ponto decisivo seria salvar sua própria vida e de todos de sua nação. Mesmo assim, sua força e toda sua eficiência foi burlada por um dos invisíveis soldados inimigos, e por já se encontrar atingido, não mais conseguiu manter a cadeia de comando e nem tão pouco as estratégias para alcançar seu objetivo... e então, percebeu que teria que obedecer a uma ordem pra bater em retirada... sem que a guerra acabasse.

Já até me peguei pensando se seria o objetivo desse soldado contemplar a decisiva derrota do exército inimigo e então desfrutar de um triunfante retorno pra casa.

Confesso que até hoje quando o telefone toca, até desejo que seja meu herói ligando pra dizer que está voltando pra casa, só que dessa vez pra nunca mais se ausentar.

Ah, como seria maravilhoso se isso acontecesse!!!

Como seria...

DO INFINITO AO INFINITO

Certo dia, logo depois que meu herói partiu, ouvi minha mãe dizendo no telefone com minha tia Serena que não deveria estar sendo fácil para mim aceitar a ideia que meu pai Francisco realmente havia partido pra não mais voltar, porque não tive um momento de me despedir dele, nem ao menos o vi no momento de sua partida, por conta das circunstâncias daquela época, apenas visualizei a uma longa distância uma caixa de madeira, grande e lacrada. De fato, foi apenas o que vi.

Até que teria sido muito bom se aquele ditado que o vovô Antenor sempre dizia: "O que os olhos não veem o coração não sente", fosse realmente favorável para mim naquela circunstância. Como seria bom!!

Quando mamãe me contou que iríamos nos despedir de meu pai, ou melhor, que eu iria ter meu último momento com o meu herói em um sutil ritual fúnebre, apesar de naquele exato momento uma grande dor ter se instalado em mim e ter começado a corroer meu coração, minha alegria, meu riso... enfim, tomaram o meu ser todinho, pois naquela hora, o significado da palavra despedida se fez tão diferente dentro mim... deixou de significar um até breve pra significar um até nunca mais.

Mas, mesmo assim, ainda consegui idealizar alguns sentimentos para aquela despedida, mesmo eles se resumindo em muita dor e sofrimento, consegui mentalmente planejar algo bom pra nós, inclusive planejei um último toque na sua mão que sempre me trouxe a sensação de acolhimento seguro..., mas a realidade daquele momento foi outra, completamente diferente de minhas expectativas. Nos disseram que em virtude da alta infectividade da doença que vitimou meu herói em pleno campo de combate, somente eu e minha mãe participaríamos da cerimônia de despedida e teríamos que manter uma longa distância para essa despedida, uma longa distância mesmo, e tudo seria muito breve, não podendo ultrapassar alguns minutos... Talvez eu já soubesse bem da realidade, porém só me permiti acreditar que poderia ser diferente pra tentar aquietar meu coração por um curto espaço de tempo, isso me faria sentir melhor... por certo momento até funcionou, mas logo mamãe me explicou que eu não poderia vê-lo, nem tão pouco tocá-lo, mas que eu podia senti-lo dentro do meu coração porque ele estava lá... lá dentro daquela caixa de madeira lacrada... e logo após aqueles poucos minutos, ele foi recepcionado por uma fria temperatura daquela manhã de quinta-feira, 13 de agosto de 2020, ao consolador som de sirenes das ambulâncias decoradas com um simbólico laço negro representando o luto.

A uma longa distância, acompanhada dos profissionais da saúde que também atuavam junto a ele no Samu, prestamos as últimas homenagens a um herói que nunca usou capas, mas sempre usou jalecos e com seu jaleco, sempre se dedicou a salvar vidas... e então assistimos lançar aquela incompreensível caixa de madeira em um infinito buraco...

Não sei se o argumento de minha mãe e da tia Serena fazia tanto sentido assim, mas vou dizer que ainda hoje me pego tendo pensamentos conflituosos sobre o que realmente havia naquela impiedosa caixa de madeira e sobre aquele buraco infinito...

O mesmo infinito que mensurava nosso amor, se tornaria para mim, a partir daquele momento, o mesmo que separava nossa convivência, exatamente o mesmo que passaria a medir a distância física entre mim e o meu herói.

Para muitos, meu pai foi apenas mais um que se somou entre os milhares de mortos em uma cruel estatística, em função do terrível crescimento de vítimas do coronavírus, mas para mim foi o meu sol que se pôs, deixando pra sempre de continuar brilhando no meu céu...

Que *spoiler* recheado de emoções né?!

A PANDEMIA E A NECESSIDADE DE MUDANÇA

Então, não posso perder a oportunidade de dizer o quanto está sendo prazeroso saber que posso compartilhar minhas experiências e emoções com alguém, dialogar, falar sobre mim e sentir a escuta preencher o eco emocional do meu ser... talvez seja por isso que o fato de Felícia se isolar na escola me chamava tanta atenção.

Olha, me solidarizava com a Felícia sim, me preocupei em saber se ela estava se sentindo desconfortável com a mudança de escola, porque, como já disse, alguns meses depois de meu herói partir, tive a necessidade de ter que passar por isso também.

Enfim, ter passado por uma situação de total isolamento social, longe de meu pai por um longo período por questões de não contaminação, depois a triste notícia de sua contaminação com o coronavírus, poucos dias depois de sua internação veio a terrível notícia de sua morte, o seu doloroso sepultamento a distância, sem eu nem ao menos ver o seu rosto, sem sequer uma pequena despedida, contando apenas com a presença de minha mãe, sem o apoio presencial daquelas pessoas que eram tão importantes pra mim, como a presença do meu avô Antenor e de minha avó Catarina, minha tia Serena, meus primos, minha amiga Oriana, ainda com a situação das aulas on-line. Sem poder frequentar a escola, que mesmo já tendo passado por tantas situações de grandes conflitos naquele espaço e por diversas vezes ter desejado estar distante daquele lugar, depois da perda do meu pai, após aquele prolongado isolamento, estar de forma física na escola, convivendo com todos, começou a me fazer tanta falta, ainda mais não podendo sequer receber a visita da minha amiga Oriana em minha casa naquele momento tão difícil pra mim... Compartilhar com ela o que eu estava verdadeiramente sentindo, olhando olho no olho, como eu sempre fazia quando eu estava com algum problema. Ah! Como desejei, após meu pai ter partido, ter tido condições de poder recebê-la em minha casa, só para a gente partilhar tudo o que estava acontecendo, como melhores amigas fazem quando estão em dias muito ruins... E como se não estivesse bom, tive que mudar...

Após alguns meses tivemos que mudar de cidade e, consequentemente, tive que mudar de escola, tudo isso me trouxe mais ainda um sentimento de desconforto e sofrimento. Mas, até que me esforcei pra tentar ser forte e não deixar meu sentimento de tristeza e dor transparecer tanto, principalmente pra minha mãe, pois eu sabia que ela também estava sofrendo muito e não tinha outra escolha pra nós naquele momento pelo fato de a pandemia da covid-19 ter sido o motivo da perda do meu pai, por minha mãe ser designer de vestidos de noivas e ter até aquele momento uma empresa que trabalhava com eventos de casamentos. A pandemia do coronavírus também influenciou muito sua vida profissional, e nós já não tínhamos mais as mesmas condições financeiras e emocionais que tínhamos antes, então eu e minha mãe fomos forçadas a mudar de casa, de cidade, de realidade, de vida!

Aquele ano de 2020, talvez você ainda se lembre dele, foi bem marcado pela pandemia. Logo no início da pandemia, os governos criaram decretos com medidas administrativas e sanitárias de segurança para auxiliar no enfrentamento da pandemia, com a tentativa de evitar que o vírus circulasse tão rapidamente e fizesse tantas vítimas como infelizmente fez. Desta forma, decretaram que lojas de comercialização de produtos não essenciais fossem fechadas por um bom período, que as pessoas se isolassem socialmente, permanecendo em suas casas e que não tocassem umas nas outras, mesmo sendo familiares. Que escolas transferissem suas atividades presenciais para a modalidade on-line, eventos ou qualquer tipo de atividade que promoviam reunião de pessoas (aglomerações) fossem suspensas, enfim, a empresa da minha mãe que trabalhava até aquele momento com eventos, especificamente com casamentos, da criação do vestido da noiva à decoração e buffet, até as músicas que seriam tocadas no casamento eram todas organizadas pela equipe que trabalhava com minha mãe... como ela mesma dizia, uma linda "fábrica de casamentos", naquele período, parou suas atividades por um tempo determinante nas nossas vidas e nas vidas de muitas outras pessoas que trabalhavam diretamente e indiretamente com minha mãe.

Lembro-me que quase seis meses depois que meu pai partiu, já sem opção, minha mãe reuniu, de forma remota, é claro, do mesmo jeito que todas as reuniões estavam acontecendo naquele momento de pandemia, todos que diretamente e indiretamente faziam parte daquela Família Casa das Noivas, como disse ela, só pra dizer a eles que estavam prestes a fechar as portas da empresa, e que em meio àquele conflito pandêmico, social, econômico e, principalmente, emocional, com a triste perda do meu pai, ela não tinha outra escolha.

Recordo-me que ela ainda fez questão de deixar claro para todos da equipe que doía muito nela fechar as portas da empresa que ela idealizou ter desde sua infância, quando aos sete anos de idade começou a esboçar seus primeiros desenhos de vestidos incentivada por sua avó, ou melhor, por minha bisa Constança que por ser costureira, após minha mãe desenhar os modelos de vestidos, confeccionava todos para as bonecas da minha mãe... Mamãe guarda em seu atelier as produções da bisa Constança até os dias de hoje, como um tesouro pessoal e diz que um dia eu irei herdá-lo. Entretanto, fechar as portas dessa tão sonhada empresa não doía mais nela do que saber que a partir daquele momento muitos que faziam parte da empresa Casa das Noivas, que sempre deram o melhor de si para manterem as portas da empresa sempre abertas, que não mediram esforços para auxiliar minha mãe a realizar seu sonho de infância, também não mediam esforços para realizar o sonho de tantas noivas... já não podiam mais contar com a Casa das Noivas para levar o alimento pra casa e suprir a necessidade de seus familiares, e minha mãe nada podia fazer.

Mesmo depois de algumas semanas que minha mãe decidiu fechar as portas da empresa, muitas vezes a observei em seu atelier tentando maquiar sua profunda dor com sua alta capacidade de criar modelos de vestidos de noivas, porém, seu sentimento de tristeza sobressaiu ao seu fidedigno talento, e ao sair do atelier com suas tentativas frustradas, pude ver em seu rosto as fortes marcas de um sentimento de impotência, deixando sobre sua mesa um papel kraft com alguns traçados de tinta preta da caneta esferográfica, borrados com ardilosos gotejados de lágrimas...

Quando a decisão de fechar a empresa foi tomada, ela já estava com 90% de suas atividades paralisadas havia mais de nove meses, alguns clientes nem levaram em consideração o perpetuante luto que minha mãe estava passando naquele triste momento com a falta de meu pai, nem tão pouco a devastadora consequência de uma pandemia, e então acionaram a empresa para a restituição do que já tinham pagado por seus contratos. Nem os fornecedores tiveram a necessária compaixão, alegaram que também tinham que arcar com suas responsabilidades. Apenas o proprietário do imóvel que minha mãe alugava o espaço físico da empresa concedeu um desconto no aluguel durante alguns meses. Também não posso deixar de citar algumas medidas tomadas pelos governantes naquele período, criando políticas de auxílio com o intuito de tentar amenizar a triste realidade econômica que o mundo estava enfrentando: o desemprego que entrava na porta de vários trabalhadores, sem bater ou pedir licença pra entrar, desrespeitando os dependentes do trabalho, suas necessidades básicas, seus planos e sonhos..., mas nada disso amenizou a real situação que a Casa das Noivas estava passando, mesmo lamentando as grandes dificuldades que todos enfrentariam pela frente, minha mãe decidiu reduzir as atividades e número de funcionários, se readequando ao novo cenário que o mundo estava enfrentando, assim como outros milhares de empreendedores, trabalhadores autônomos ou não, artistas e outras categorias tiveram que fazer: reinventarem-se!!!

Então, sem meu pai, com sua vida profissional totalmente abalada, minha mãe, assim como eu, se fez forte e juntas nos reinventamos, mudamos para uma cidade bem pequena, uma cidade que ficava próxima da fazenda do vovô Antenor, por termos ficado só eu e ela, fomos morar em uma casa bem menor. O bom de tudo é que com a mudança estávamos mais próximas da fazenda do vovô e da vovó, mesmo sabendo que após a mudança eu não poderia ter nenhum contato físico com meus avôs, devido àquela situação de pandemia, mas o fato de eu me mudar pra próximo deles já me deixava mais confiante, pois tinha a certeza de que tudo aquilo passaria, voltaria ao normal, e então, aí sim eu iria poder passar mais tempo com meus avós, conviver mais com eles na fazenda. Isso falava tão alto dentro de mim que até me deixava feliz. Não que a presença do meu avô fosse preencher o grande vazio que a falta do meu pai havia deixado, mas era algo que eu necessitei agarrar com todas minhas forças... afinal, a fazenda e meu avô Antenor sempre teve um significado muito especial pra mim. Quem sabe eu fale mais adiante pra você os motivos pelos quais a fazenda e o avô Antenor são tão importantes em minha vida...

Enfim, sem muitas condições de alugar um espaço, mamãe montou seu novo ateliê em nossa própria casa mesmo, passou a trabalhar somente com o que ela mais gostava, com os vestidos de noivas. Manteve em sua equipe de trabalho: as costureiras, o costureiro e as bordadeiras que já trabalhavam com ela havia muitos anos. Na equipe de produções de vestidos de noivas tinha o Senhor Gentil, e como ele era gentil... sem que as outras costureiras saibam do que vou dizer agora, eu sempre ouvia mamãe dizer para o papai que o Senhor Gentil era o costureiro mais genial que existia nesse mundo, pois além de ser muito bom pra costurar, também mandava bem nos bordados.

Mamãe então criou uma loja virtual de vestidos de noivas. Muito convicta do que estava fazendo, mamãe defendia que mesmo após a pandemia, o mundo não seria mais o mesmo, que o uso das tecnologias por necessidade entrou na vida das pessoas, porém, pra não mais sair e não tinha dúvidas do sucesso de sua nova loja virtual. Realmente mamãe estava totalmente certa!!!

A adesão das pessoas às tecnologias com aquela pandemia aconteceu de forma generalizada, possibilitou uma impactante mudança nos costumes diários na vida das pessoas, possibilitou até que as costureiras, o costureiro, as bordadeiras e minha mãe como designer morassem em cidades diferentes e trabalhassem simultaneamente em equipe nas produções dos vestidos de noivas, cada um dando suas contribuições das suas próprias casas, e depois podendo os enviar por meio de transporte especializado aos clientes, que sempre ficavam satisfeitos.

Meu avô Antenor sempre me disse que quando nos acontece algo ruim, se olharmos esse acontecimento com os olhos do coração, vamos ver um pontinho de coisa boa... pra dizer a verdade, quando eu e mamãe olhamos essa necessidade de reinventar a vida profissional dela, após ela ter a necessidade de montar seu atelier em nossa própria casa, vimos um enorme ponto de coisa boa: poderíamos passar a maior parte do tempo juntinhas!

Às vezes me pego a pensar nas coisas boas que a pandemia pôde fazer na vida das outras pessoas, e se elas conseguiram olhar essas mudanças com os olhos do coração.

Hein, e com você, sabe me dizer se a pandemia trouxe alguma necessidade de mudança em sua vida?

EXPERIÊNCIAS DESAFIADORAS

Consequentemente, com o fato de ter tido a necessidade de mudar de cidade, como já disse, foi inevitável para mim ter que me mudar de escola também. Mesmo naquele momento pandêmico, com aulas remotas, em sistema on-line, minha mãe achou melhor que fosse assim, e me transferiu de escola.

Deixar para trás meus amigos, que mesmo vivendo em isolamento social naquele período, sem podermos nos encontrar de forma presencial, eu sabia que um dia tudo aquilo iria passar e nós iríamos poder aproveitar cada instante de nossas vidas nos divertindo juntos, principalmente com a Oriana, minha amiga que me proporcionou uma amizade que realmente valia ouro.

Consegue imaginar quais sentimentos essas experiências que eu estava vivenciando despertaram em mim?

Experiências desafiadoras, né?

Confesso que ao me referir à experiência da perda do meu pai, digo que foi a mais desafiadora e dolorosa que já vivi em toda minha vida.

É, e como se não estivesse bom estar passando por tudo isso, ainda ter que me matricular em uma escola onde eu não conhecia ninguém e ninguém me conhecia, enfim, onde ninguém conhecia quem era a Valência e o que ela estava passando...

SENTIMENTOS INVOLUNTÁRIOS

Quando passei por essa situação de ter que mudar de cidade, de escola, mesmo sem ter tido tempo suficiente pra me recuperar da profunda dor que eu estava sentindo com a falta do meu herói, acrescentou-se a essa dor, a dor de ter que me deslocar de um lugar que me fazia sentir segura, para um lugar novo que me trazia insegurança, além, é claro, de estar distante em todos os sentidos daqueles que me faziam sentir bem. Era como se um assombroso vazio tomasse meu coração, era como caminhar e não sentir o chão apoiando meus pés ao tocá-lo. Era como se anoitecesse e não amanhecesse... Entrar naquele momento naquela nova escola, mesmo que participando remotamente das aulas de forma on-line, foi algo novo que tive que aprender. Quando no primeiro dia de aula, a professora me pediu pra ligar minha câmera durante a aula para me apresentar à turma e falar um pouco sobre mim, quem eu era.... foi como se tão de repente... é, assim mesmo, de uma hora pra outra, todo o universo se voltasse pra mim, me tornando o astro mais visível do cosmo celestial.

É isso sim... faz tempo que passei por essas experiências, mas me recordo com perfeição, quando, mesmo trêmula, liguei a câmera e comecei a falar meu nome, senti como se todos que estavam presentes naquela sala de aula virtual só me observassem, mesmo que involuntariamente, buguei e não consegui dizer mais nenhuma palavra sequer sobre mim, fugiu do meu querer me sentir assim, é claro que, nosso desejo é não ter esse tipo se sentimento.

Naquele momento eu tinha tanto pra dizer sobre mim, mas nada disse...

Já se sentiu assim também... Você sabe do que estou falando, né?

Se você nunca se sentiu assim, pode até estar pensando que estou exagerando. Mas, para quem está mergulhado em uma situação conflituosa, é assim mesmo.

Conflituosa não só no sentido de lidar com o novo ou com a nova escola, mas no caso de inúmeras situações que podem nos provocar diversos conflitos, como, por exemplo, o caso da pandemia, que trouxe pra mim e várias outras pessoas, conflitos inesquecíveis que nem o tempo pode reparar.

Com certeza, você se lembra de quando mencionavam que uma pessoa tinha se tornado mais uma vítima da covid-19, assim como foi o caso do meu pai, apenas diziam: a covid-19 acaba de fazer mais uma vítima. Ao ouvir essa frase, eu conseguia pensar nas situações e sentimentos conflituosos que os familiares teriam que enfrentar, não em um simbólico número que demonstrava o quantitativo de vítimas que aquela pandemia fez.

Mas, é bem assim mesmo, quando uma situação conflituosa é observada por outra pessoa de forma externa, ou melhor dizendo, do lado de fora, pode ser vista como pequena, fácil de ser enfrentada e resolvida. Quem nos observa, às vezes até nos chama de fracos, sem resistência, incapazes, entre outros nomes que faço questão de não citar, mas, para quem está inserido no conflito, não é bem assim, não é mesmo, principalmente para as crianças e adolescentes que ainda não adquiriram a quantidade de experiências que os adultos têm.

Às vezes penso que seja por isso que em vários momentos de nossas vidas não somos tão bem compreendidos pelas pessoas ao nosso redor quando não damos conta de resolver nossos próprios conflitos...

Agora, quando a pessoa já vivenciou a mesma situação conflituosa que você, aí sim, talvez ela consiga agir com menos julgamentos e com mais compreensão.

Será esse mais um dos motivos que me faziam acreditar compreender o que Felícia estava passando?

Mas e você? Seus conflitos? Também consegue compreender Felícia assim como eu?

O PONTO INICIAL

É, agora que já conhece um pouco sobre minha história, é hora de retornarmos ao ponto inicial da nossa conversa, e por sinal, é o que realmente me trouxe aqui:

FELÍCIA...

Então, como estava te dizendo no início, havia observado na escola que o que Felícia estava passando, com certeza era algo que não a deixava nada feliz, apesar de o nome Felícia significar isso... Como depois de um bom tempo já conseguia me sentir assim, então, me coloquei a pensar em algo que a fizesse sentir melhor, por esse motivo, me aproximar dela era algo que estava ao meu alcance e talvez a ajudaria, assim eu também me autoajudaria e, finalmente, quem sabe, eu a veria como o próprio nome dela diz...

Então, eu sabia que naquele dia ao tocar o sinal de saída da escola, Felícia, mais uma vez, usaria sua estratégia de ocupar um tempo muito maior para guardar seus materiais escolares do que todos os outros colegas da sala. Observei também que essa estratégia ela utilizava só pra esperar todos saírem da sala, somente depois ela saía.

Muitas das vezes, saía timidamente acompanhada somente da presença da professora. Sei que com essa atitude ela pretendia evitar algo que talvez lhe trouxesse muito desconforto. Cheguei a pensar que esse desconforto poderia partir de sua aproximação com colegas de sala, e isso me incluía, é claro.

Foi quando pensei em uma forma dela se livrar desse desconforto mostrando a ela que não havia nenhuma necessidade de evitar socializar com a gente, jamais faríamos algo que lhe trouxesse uma sensação de mal-estar ou imenso desconforto.

Você deve estar pensando como cheguei a essa conclusão sobre a suposta situação que Felícia estava passando. Quer saber como?

Para eu ter conseguido chegar a essa compreensão sobre a suposta situação que Felícia provavelmente estava enfrentando, não foi muito difícil como você está pensando, apenas tive que revisitar alguns conhecimentos aqui dentro de mim adquiridos a partir do acúmulo das experiências adquiridas ao longo da minha vida... as quais você já conhece um pouco, conhecimentos também adquiridos a partir das minhas experiências com leituras, compartilhamento de experiências vividas por outras pessoas de todas as idades, principalmente compartilhamento de experiências no espaço escolar e no espaço familiar, até mesmo as convivências conflituosas e muito dolorosas, frustrações. É, como eu já disse, as frustrações e as experiências dolorosas não são de todo ruins, também podem nos ensinar muitas coisas. Conhecimentos adquiridos também com observações, escuta. E por falar em trocas de experiências com escutas recheadas de conhecimentos, me lembrei de uma experiência vivenciada por mim há um tempo atrás quando, logo depois de me mudar de cidade, essa experiência me ajudou muito a me compreender e também a compreender melhor meus colegas e as outras pessoas que convivem comigo.

Vou compartilhar com você essa prazerosa experiência… você está a fim de saber?

CADA QUAL DO SEU JEITO, CADA UM NO SEU TEMPO

Pois bem, me recordo perfeitamente que a professora Esperança era nossa professora naquele ano de 2021, ano em que eu cursava o 5° ano, também ano em que começamos a ter a maravilhosa possibilidade do retorno às aulas, mesmo não sendo 100% presenciais e com a presença de todos os alunos da nossa turma, ou seja, estava havendo a necessidade de fazer um tipo de rodízio da presença física dos alunos nas salas de aulas. Depois de ficar mais de um ano de reclusão em casa, em isolamento social, sem poder estar presente no chão da escola, participar daquele rodízio de aulas presenciais já me trazia muito prazer.

Pois bem, a professora Esperança estava trabalhando o "*Projeto Diversidade Cultural*", com a nossa turma, e fazia parte do Projeto Acontecer Roda de Leitura com um livro literário maravilhoso chamado *Lápis cor de pele*[2] nunca me esqueci desse livro. A turma toda estava muito entusiasmada com o Projeto e com a Roda de Leitura, foi quando com todo aquele entusiasmo, em um dia de aula presencial, pedimos para ler em voz alta, a professora Esperança para não "*miar*" nossa esperança,

---

[2] Livro literário *Lápis cor de pele*, Daniela de Brito, 2017.

consentiu com nosso desejo. Cada um ao chegar sua vez de ler, queria ler mais alto que o outro, até parecia que estávamos querendo aproveitar o tempo que tivemos longe de tudo aquilo durante o isolamento social, até que chegou a vez de Emílio ler. Pra nossa surpresa, Emílio não quis ler em voz alta, nesse momento, todos nós que estávamos de forma presencial na sala de aula, sem nos contermos, começamos a sorrir e a gritar:

— Leia, leia, leia!

Ele começou a chorar desesperadamente. Em prantos, pediu à professora para ir ao banheiro, era como se pretendesse fugir de tudo aquilo. A professora se posicionou em frente ao Emílio, inclinou-se, o olhou bem nos olhos e disse a ele baixinho:

— Emílio, vá ao banheiro, durante o percurso até lá, aproveite para tomar um ar fresco. Ao chegar ao banheiro, lave bem seu rosto para que saia esse cisco que caiu em seus olhos, depois passe álcool em gel nas mãos e volte para sua sala de aula, pois esperaremos ansiosamente por seu retorno.

Emílio, mais que depressa saiu da sala sem olhar pra trás...

Convicta do que desejava, após o Emílio sair, educadamente, a professora Esperança pediu que todos fizessem silêncio e a escutassem, então nos disse algo que nunca esqueci, até parece que as palavras dela estão gravadas aqui, dentro do meu coração:

— Crianças, é preciso respeitar o colega! Talvez ele ainda não esteja se sentindo pronto para ler como vocês fizeram.

Logo que a professora argumentou com a turma, Levi todo sorridente disse:

— Professora, como o Emílio não está pronto pra ler se quem está no 5° ano já aprendeu a ler faz tempo, se ele não estivesse pronto pra ler nem estava no 5° ano.

A professora Esperança, em seguida, nos explicou que:

— Ler em voz alta é muito mais que uma simples leitura, é algo grandioso, e para fazer coisas grandiosas é preciso estarmos prontos, e para estarmos prontos é necessário tempo...

Ao ouvir a explicação da professora Esperança, comecei a conversar com meus próprios botões, me preocupei em compreender se esse tempo que ela estava dizendo seria igual àquele tempo que a gente espera sabendo a hora exata que vai chegar, como por exemplo esperar o tempo de lanchar na escola, a data de aniversário, férias...

Foi quando eu ainda estava falando com meus botões, que ela nos explicou que cada um de nós temos um tempo diferente, bem diferente mesmo. Quando ela disse isso, no início, comecei a achar estranho, mas depois que ela concluiu sua fala, compreendi bem o que estava dizendo:

— Cada um de nós temos o nosso próprio tempo, um tempo específico para cada coisa, como por exemplo um tempo para aprendermos algo que a gente considera fácil, um tempo diferente para aprendermos algo que a gente considera difícil, um tempo pra esquecermos algo que nos trouxe muita felicidade, um tempo bem diferente pra esquecermos algo que nos provocou sentimento de dor, tristeza e até mesmo nos fez chorar...

Para nos garantir que o que ela estava nos dizendo iria realmente ficar registrado em nossa memória, ela ainda exemplificou usando uma situação que ocorreu com a nossa própria turma na aula de matemática.

É, crianças, o tempo de uma pessoa pode ser bem diferente do tempo de uma outra pessoa... vocês lembram quando trabalhamos juntos as atividades de revisão da multiplicação, alguns compreenderam o comando da atividade em um tempo bem curtinho e logo realizaram a atividade sozinhos, outros tiveram que esperar um tempo maior para conseguirem, mesmo que esperar pra conseguir fazer algo não fosse o que eles queriam. A espera pelo nosso tempo é necessária, é algo que não depende de nós e é claro que precisa ser respeitado.

Nesse momento, olhei para meus colegas, estavam todos em silêncio ouvindo a professora Esperança falar, foi quando ela ainda acrescentou:

— O nosso tempo pra cada coisa ajuda a nos compormos, a dizer quem realmente somos, cada um do seu jeitinho... alguns falantes, outros tímidos, outros espertinhos como são, outros que gostam de ficar mais quietos. Mas, tem algo mais que eu não posso deixar de falar pra vocês: todos devem ser respeitados tal como são, inclusive o seu tempo.

Nesse momento, a professora Esperança foi interrompida pela fala da Aurora:

— Professora Esperança, então foi o tempo do Emílio que fez ele chorar?

A professora deu um iluminado sorriso, nem precisou de um tempo para responder à pergunta, e então falou:

— Isso mesmo Aurora, ler em voz alta pode não trazer conforto e sensação de bem-estar ao Emílio, justamente por ele não estar se sentindo preparado para isso, significa que o tempo de ele ler em voz alta ainda não chegou, por isso, não podemos forçá-lo a ler dessa forma em sala de aula. Se queremos ajudar o colega, não é essa a atitude que temos que ter. Quando não estamos preparados para enfrentar determinada situação e temos que a enfrentar mesmo assim, isso nos provoca medo e muito desconforto, então fazemos total esforço para evitar esse tal desconforto.

Foi quando ela nos disse sussurrando:

— Até emitimos choro como um sinal de alerta para mostrar às pessoas que estão ao nosso redor que não estamos desconfortáveis!

A professora Esperança não imagina o quanto aprendemos com ela naquele dia e a importância daquele conhecimento pra mim, tenho certeza que também para todos que estavam presentes na nossa sala de aula. Foi aí que comecei a observar que passamos por situações de conflitos diariamente e cada um de nós podemos sim reagir de diferentes maneiras diante de cada conflito, cada qual do seu jeito, cada um no seu tempo.

Até parecia que a professora Esperança falava exatamente sobre o meu tempo, o tempo que eu ainda necessitava pra continuar aprendendo a lidar com a perda, a perda mais difícil e dolorosa que já tive que enfrentar em toda minha vida. Dolorosa porque ainda hoje a sinto arder dentro do meu coração, difícil porque até tento fazer de conta que ela não existe, mas ela insiste, às vezes, em me mostrar que ela ainda está presente aqui... É, cada um no seu tempo.

Agora em relação ao Emílio, depois descobrimos que durante a pandemia, quando as aulas ainda aconteciam de forma remota, durante aquele período, os pais ou outro responsável pelo aluno tinham que acompanhar as atividades escolares assiduamente, até se necessário fosse, tirar dúvidas no momento em que elas surgissem, refletir e estudar junto com a criança sobre alguns conteúdos que eram planejados pela escola, mas, infelizmente a família do Emílio não tinha essa disponibilidade, não porque eram negligentes com o ele, mas por estarem sobrecarregados com seus trabalhos em uma farmácia da cidade, pois, com a pandemia, as vendas nas farmácias aumentaram mais de 300%, a pessoa que cuidava do Emílio para seus pais trabalharem não tinha condições de ajudá-lo nas atividades escolares... as dificuldades que Emílio estava vivendo naquele momento eram apenas uma pequena consequência de uma pandemia...

A DECISÃO

O fato de eu ter tido a oportunidade de adquirir tantos conhecimentos com tantas experiências é o que me encorajou ainda mais a tomar a iniciativa de me esforçar ao máximo para me aproximar de Felícia. Como eu estava dizendo no início de nossa conversa, seria uma forma de esclarecer a ela que não havia necessidade de se defender da nossa amizade, porque não iríamos trazer nenhum desconforto a ela e nem tão pouco sensação de mal-estar, com certeza, estávamos preparados para respeitar seu jeito e tempo de viver.

Então, foi quando tomei a seguinte decisão...

Naquele dia, ao bater o sinal, a Professora Generosa se despediu da turma, como sempre de forma muito carinhosa, aguardou os alunos saírem da sala de aula, até que observou que tanto Felícia como eu estávamos ainda sentadas nas carteiras, quando ela disse:

— Vamos crianças, é hora de ir embora, provavelmente seus pais devem estar aguardando vocês no portão de saída.

É claro que utilizei da mesma estratégia que Felícia, tomei um tempo igualmente ao dela para organizar meus materiais, só quando ela se levantou e colocou a mochila nas costas é que também reproduzi a sua ação. Foi quando inevitavelmente, caminhamos juntas em direção à saída da sala de aula, nos aproximamos um pouco mais e nesse momento pude perceber com clareza que Felícia havia sim percebido minha intenção.

Para minha surpresa, mesmo compreendendo minha intenção, sua reação foi completamente diferente da que eu esperava. A princípio, ela até tentou se conter, mas suas emoções falaram mais alto e quando eu menos esperava, ela soltou um tímido sorriso. Pouco brilho, mal se via os dentes, aqueles que José Carlos Paes[3] em sua poesia chamou de amarelos.

Porém, mais que de repente, recuou-se novamente ao contato, mesmo o pouco brilho apagou-se por completo e o sorriso amarelo se desfez...

Talvez por depois de um bom tempo eu ter compreendido melhor as titicas de galinha que tenho na cabeça, como sempre, minha força interior fala mais alto, surpreendentemente... não recuei, muito pelo contrário, avancei três passos à frente, me aproximando um pouco mais dela, respirei profundamente, nesse momento, também pude sentir seu profundo respirar. Paralisada, com os batimentos cardíacos acelerados, olhamos nos olhos uma da outra por alguns segundos, sem dizermos nenhuma palavra...

---

[3] José Paulo Paes, Poeta, ensaísta, jornalista e tradutor.

Momento essencial para que eu pudesse me colocar no lugar de Felícia. Sei que você deve estar dizendo que esse movimento de troca simbólica de posições momentânea em qualquer relação tenha um nome específico: empatia. Mas, naquele momento, dar nomes a sentimentos não era tão importante, o que importava e importa é fazer a escolha diante do sentimento provocado... Com autonomia, me coloquei no lugar de Felícia, ainda com os olhares fixados uma na outra, mentalmente, me perguntei: se Felícia fosse eu, e eu fosse Felícia, o que eu gostaria que a pessoa do outro lado fizesse comigo naquele exato momento? Não precisei de muito tempo pra mim mesma me dar a resposta.

Aprofundei ainda mais meu respirar, avancei mais dois passos, me aproximando mais de Felícia, que ainda persistia em me olhar, pude até interpretar seu olhar. Seu olhar até parecia que estava lendo *Grande Sertão Veredas*[4], de Guimarães Rosa, em pleno isolamento social em tempos de pandemia, onde era perceptível o impressionar e não se sentir só.

E nessa de tentar prever minha reação, a deixei sem ação quando simplesmente a abracei, sem nenhuma palavra. O abraço não durou muito, foram alguns segundos e logo se desfez, assim como o sorriso amarelo. Saímos caminhando em direção à saída da escola, pois minha mãe já me aguardava no portão. Mesmo caminhando lado a lado, não se conseguia captar a cor da voz de nenhuma de nós.

Diante da situação que nós duas nos encontrávamos, talvez se Mia Couto[5] nos lesse naquele momento, ou invés de nos intitularem "a menina sem palavras," quem sabe diria: "as meninas sem palavras".

---

[4] *Grande Sertão Veredas*, romance experimental modernista, escrito pelo autor brasileiro João Guimarães Rosa, 1956.

[5] Mia Couto, escritor e biólogo moçambicano.

Já no carro com minha mãe, durante o retorno para casa, me coloquei a pensar, buscando compreender aquele abraço, busquei identificar naquele pequeno e profundo gesto, se a partir daquele momento seríamos amigas ou não, se Felícia nos deixaria aproximar dela, se o próximo trabalho de Artes... faríamos juntas... tantas incertezas... Ou se ela precisaria ainda de mais tempo pra nos aproximarmos.

Mesmo sendo de forma rápida, com certeza, aquele abraço teria sim muitas coisas a dizer... Afinal, dizem que o abraço tem grande poder curativo, libertador, além, é claro, de ter o poder de aproximar as pessoas, de acalantar, de alegrar... Eu que o diga, durante aquele isolamento social na pandemia, tendo que passar por tantos conflitos, quanto senti falta de abraços, do toque suave das pessoas importantes pra mim.

Porém, naquele momento, era aguardar o dia seguinte para obter as respostas pra tantas incertezas.

O PRETEXTO

No dia seguinte, para minha surpresa, durante a aula, mesmo me sentando próxima de Felícia, ela se comportou como se nada tivesse acontecido, permaneceu calada, recuada, como se ela estivesse só naquele espaço e aquele abraço não estivesse existido.

Eu até pensei em respeitar seu tempo de estar pronta pra nos aproximarmos e nos tornarmos amigas, mas no dia daquele abraço pude perceber em seu olhar um ofuscar que a impedia de brilhar, era como se seus olhos não emitissem o energizar do bem-estar, então, senti ainda mais desejo de poder conversar com Felícia e quem sabe ver seus olhos felicitarem...

Durante a aula, com muita expectativa, até usei da atividade de matemática como pretexto para provocar um diálogo entre a gente, mas permaneci sem sucesso:

– Felícia, Felícia, se você tiver dúvidas com a atividade de matemática, eu posso te ajudar. Você quer que eu te ajude?

Felícia apenas acenou com a cabeça confirmando que não desejava meu auxílio.

CAPÍTULO DE UM LIVRO

Como já disse, quem tem titica de galinha na cabeça não desiste fácil, naquele mesmo dia, assim que deu o sinal para o intervalo, todos saíram para o pátio, eu e Emma havíamos combinado que durante o intervalo iríamos conversar sobre um livro que estávamos lendo em comum: *Diário de uma garota nada popular*[6], pedi a ela para adiarmos o nosso bate-papo. É claro que, além de ser uma grande amiga, Emma também era uma menina muito solícita e empática, compreendeu perfeitamente meu grande motivo.

Como já sabia o lugar que Felícia sempre escolhia para passar o intervalo, corri ao seu encontro para aproveitar os poucos minutos de intervalo que nos restavam. A vários metros de distância já pude vê-la como sempre a via.

---

[6] *Diário de uma garota nada popular*, Rachel Renée Russell, tradução de Antônio Xerxenesky, Campinas- SP, 2019.

Sem pedir licença, ou até mesmo autorização, me sentei ao seu lado, respeitando seu olhar que não se dirigia a mim, eu disse bem baixinho para não a assustar muito:

— Sei que você não quer minha companhia aqui perto de você, mas quero que você saiba que estou aqui porque me importo com você e quero muito que nossa amizade aconteça.

Ao concluir minha fala, sem esboçar nenhum gesto com minha presença, eu havia acabado de me sentar ao seu lado, ainda com o olhar fixado em outra direção, Felícia, com a voz pausada, me disse:

— Com suas atitudes, às vezes chego a pensar que minha mãe estava enganada quando me disse que eu devia me preparar para enfrentar os preconceitos e as crueldades das pessoas, principalmente dos ditos "colegas" de sala.

Quando ela disse isso, um silêncio pausou nosso diálogo, até que ela deu sequência à sua fala:

— Confesso, sempre que minha mãe me diz essas coisas, mesmo que internamente eu lute contra, acabo internalizando cada uma das palavras dela. Então, me preparo para viver minha vida como se estivesse lendo um livro, mas um livro um tanto diferente, um livro onde seus capítulos são todos iguais, um livro onde eu mesma sou a autora, porém, não me é permitido escrever ou reescrever a história que eu desejar, ou nem sequer pretender ter um final feliz... um livro em que seus capítulos permitem apenas uma mudança talvez de um cenário e alguns personagens, mas o árduo clímax seria o mesmo, repetidamente.

Confesso que fiquei surpresa com a fala de Felícia, pois pensei que ela fosse pedir para que eu saísse de lá e a deixasse só, mas não, ela se permitiu...

Mesmo conhecendo verdadeiramente o que diz Guimarães Rosa quando ele afirma que: "viver é muito perigoso"[7] e sabendo que a vida é composta de coisas comuns e incomuns a todo ser humano... independentemente da idade, lugar, e país, não me contive e quis saber mais, então foi minha vez de me permitir ir mais adiante, perguntei a ela:

— Felícia, não estou entendo o que você está dizendo, como assim sua mãe te disse isso e sua vida parece um livro com vários capítulos iguais?

Nesse momento, ela respirou, modificou sua postura, me olhou nos olhos e disse:

— É uma longa história, talvez você não ache interessante conhecê-la.

Quando ela me disse isso, ouvimos tocar o sinal do término do intervalo e retorno para a sala de aula. Nos levantamos, caminhamos juntas em direção à sala

[7] Frase que sempre aparece na obra de Guimarães Rosa, *Grande sertão: veredas*.

de aula, até imaginei que ela fosse dar continuidade ao nosso pequeno diálogo, mas observei que não. Ao chegarmos na sala de aula, antes que a professora Generosa retomasse a aula, eu disse a ela:

— Felícia, não sei por que sua mãe lhe disse que você precisa se preparar para os preconceitos e as crueldades das pessoas, mas quero muito te dizer que nem todas as pessoas são assim, eu não sou assim, vários colegas dessa escola não são assim e você precisa se permitir descobrir isso.

Quando ela foi me dar uma resposta, a professora nos convidou para darmos continuidade nas atividades.

Mal pude esperar a aula acabar para retomar nossa conversa, poder conhecer melhor Felícia, porque a mãe dela lhe disse palavras que levariam muito tempo para serem esquecidas, também queria mostrar a ela que existem sim pessoas que se dispõem a gostar da gente como a gente é realmente, serem nossos amigos.

A OPÇÃO

Ao bater o sinal da saída, novamente aguardei Felícia para sairmos juntas, era a oportunidade que tínhamos de poder conversar um pouco mais. Saímos da sala juntas, não me contive, demos apenas poucos passos e logo retomei o diálogo:

— Felícia, sei que talvez tenha motivos muito sérios para sua mãe ter lhe dito tudo aquilo, sei também que realmente existem pessoas que não nos querem bem, mas nem todas as pessoas são iguais, eu, por exemplo, estou aqui tentando ser sua amiga independentemente das suas particularidades. Te ver sozinha no pátio da escola, sem falar com as pessoas, está me deixando muito preocupada. Até penso que você não se aproxima da gente porque veio estudar nessa escola contra sua vontade e, provavelmente, acredita que não vai encontrar aqui amigos tão legais como os da outra escola.

Quando eu disse isso, pela primeira vez vi sua face expressar emoções, apesar de não serem emoções de bem-estar, mas sim de espanto, me olhou e disse:

— NÃO, não é isso!!!

Depois que ela disse esse NÃO tão espantoso, aí foi minha vez de ficar espantada:

— Como assim Felícia, agora não estou compreendendo nada.

— Já que você insiste em me conhecer melhor, como ninguém nunca insistiu em toda minha vida, vou te contar algo: minha mãe me transferiu de escola porque na verdade lá eu estava sofrendo muito. Eu até disse a ela por várias vezes que mudar de escola não resolveria, mas mesmo assim ela insistiu em fazer minha transferência de escola pela terceira vez. Minha mãe ainda não compreendeu que o que resolve esse tipo de problema não é mudar a rotina da pessoa que está sofrendo com o problema, mas sim conscientizar as pessoas de que o que estão provocando, agride o outro profundamente, deixa marcas que talvez jamais serão apagadas! Então, o que resolve o problema é algo muito maior, mais complexo... e talvez pelo fato de ser algo mais complexo, as pessoas sempre optam pelo mais prático: mudar a vida de quem já está sofrendo... e é por isso que eu estou aqui. É por isso que te disse que minha vida é como um livro que repete os fatos ocorridos em todos os capítulos.

Quando eu ouvi Felícia narrando esses fatos de sua vida, até consegui compreender que ela estava certa, realmente a vida é um livro composto pelo que cada um escreve nele, porém, sem conseguir me conter, fui tomada por uma forte emoção, sorri, até que fui interrompida pela própria Felícia:

— Minha mãe estava certa, eu não deveria confiar em ninguém, em ninguém mesmo!!!

— Acalme-se Felícia, acalme-se. Me desculpe, sorrir dessa maneira, mas é de emoção, porque ao te ouvir contar sobre o que aconteceu com você me fez lembrar perfeitamente da minha própria história de vida e também de meu avô Antenor. Lembrei-me de meu avô dizer que um dia eu iria encontrar pessoas que estavam passando por conflitos semelhantes ao meu e eu... deixa pra lá. Até parece que meu avô Antenor sabia que a gente iria se conhecer. Mas, enfim, eu também preciso muito compartilhar com você algo sobre mim, eu quero muito que a gente continue a nossa conversa, mas hoje já não dá mais pra continuar, tenho que ir embora. Mas amanhã na hora do intervalo podemos sentar juntas pra conversar?

Felícia apenas sorriu aquele mesmo sorriso amarelo e continuou andando, sem dizer nenhuma palavra.

Como minha mãe já me aguardava no portão da saída, entrei no carro e fomos pra casa. Durante o trajeto, falei com minha mãe sobre a minha conversa com Felícia, é claro que ela mais uma vez me encorajou a dar sequência em nossa aproximação e amizade. E durante todo o tempo, não deixei de pensar no quanto Felícia já havia sofrido e até lutado contra tudo aquilo, mas não pela diferença em si, mas como o próprio Rubem Alves[8] diz, pelo olhar dos que olham... No olhar dos que nos olham não com a ternura que merecemos, mas com ferrões que nos ferem até a própria alma sangrar e chorar lágrimas de tristeza. Já senti esse olhar, é um olhar com ar excludente. Não é ser quem somos que nos causa desconforto e até sofrimento, mas sim o medo que os olhos dos outros provoca em nós. A diferença em si, seja ela física, cultural, psicológica, só existe nos olhos dos que olham com a própria diferença...

---

[8] Rubem Alves, brasileiro, autor de livros, teólogo, educador, psicanalista.

O MUNDO DA LUA

No dia seguinte, ao tocar o sinal para o intervalo, Felícia saiu da sala rapidamente para que eu não a acompanhasse, mas mesmo com essa atitude, me aproximei dela e comecei a falar sobre mim:

— Felícia, eu também já sofri muito, sofri com o próprio isolamento, além do isolamento provocado pela pandemia em um momento muito doloroso da minha vida, há um bom tempo atrás, quando eu ainda morava em uma outra cidade e estudava em outra escola, também sofri com o isolamento provocado por mim mesma com o intuito de me poupar de conflitos que poderiam ser gerados por parte de alguns colegas de escola, pois nessa época, esses colegas sempre diziam que eu vivia no mundo da lua, durante a aula, quando não conseguia entregar as atividades juntamente a todos ou até mesmo não conseguia acompanhar todos ao copiar as atividades do quadro, faziam questão de dizer:

— É claro que não fez a tarefa ou não terminou, vive no mundo da lua!!!!

Quando eu apresentava uma dúvida, perdia materiais escolares, não me saía bem nas avaliações... eu sei bem o porquê que eles sempre diziam isso, mas isso não vem ao caso... Também sempre diziam que eu era uma garota muito estranha, feia, obesa, até de baleia já me chamaram, que eu só poderia ter titica de galinha na cabeça pra ser tão estranha daquele jeito. Pra dizer a verdade, eu nunca havia entendido o sentido da palavra diferente até então, mas quando comecei a sentir o que diziam sobre mim, algo começou a mudar, um turbilhão de sentimentos e emoções começaram a se inquietar dentro do meu coração que já não se cabia só dentro de mim, foi quando comecei a deixá-los escapar também em meus atos e atitudes... até que meus pais e algumas pessoas muito próximas a mim perceberam o que estava acontecendo. Por várias vezes meus pais fizeram reclamações na coordenação da escola, também já desejaram me transferir de escola por isso, eu sofria muito, até que fui passar férias na fazenda do meu avô. Por observarem que eu não estava me sentindo bem, meus pais acharam melhor me levarem para passar uns dias na fazenda com meu avô Antenor.

Pra falar a verdade, meu pai sempre dizia que meu avô nunca cursou nenhuma faculdade, mas tem grande conhecimento, uma sabedoria que poucos têm, e eu concordo plenamente com ele...

TITICA DE GALINHA
NO MUNDO DA LUA
DESATENTA
BURRA
ATRASADA
PREGUIÇOSA

Enquanto eu dizia, olhei para Felícia, observei que ela não esboçava nenhuma expressão, mas sabia que me ouvia, pude ver em seus olhos, então continuei a lhe contar sobre minhas experiências:

— Quando fui passar férias na fazenda com meus avós, eles observaram que eu realmente estava triste, até comentaram que eu já não era mais aquela menina sapeca que subia em árvores. Então quiseram saber o que motivava a me sentir daquela forma. Foi quando eu disse a eles que meus colegas sempre diziam que eu vivia no mundo da lua e que eu era uma garota muito estranha, até parecia ter titica de galinha na cabeça. Vovô Antenor e a vovó Catarina, apenas me ouviram, sem nenhum comentário, aguardaram um dia de lua cheia e sem que eu soubesse de nada, preparam um delicioso piquenique no campo à noite, com direito a fogueira. Vovô Antenor nos convidou pra deitarmos no chão e observarmos o céu de lua cheia, decorado com numerosas estrelas.

Então vovô começou a me explicar que é de lá, lá da Lua que vem toda força energética que conduz a vida aqui na Terra, que a Lua, com seu poder de mudança de fase, emite energia para o germinar das sementes no campo, para o pescador ter uma boa pescaria, na força e no crescimento de nossos cabelos, na fertilidade que dá origem à vida, até as ondas do mar são tocadas pela energia lunar. Ele ainda disse algo que me tocou muito ao ouvi-lo: como pode uma pessoa que dizem que vive conectada com esse mundo da lua ser triste por isso? A pessoa que tem o privilégio de viver conectada com esse mundo cheio de força energética deve ser uma pessoa muito feliz por isso, além, é claro, de ser também uma pessoa forte, valente, capaz de reconhecer sua força interior e do que realmente é capaz.

Impactada com tudo que eu acabava de ouvir, ainda deitada no chão a olhar a lua, tocada com o que ela parecia me dizer, até pude sentir dentro de mim sua energia fortificadora, transcendendo o meu eu. Era como se o que antes me desconstruía, agora me reconstruísse, me fortalecesse. Nesse momento eu já não era mais a mesma... pois aquela que minutos atrás acreditava ser incapaz de realizar suas próprias conquistas, porque internalizou que vivia no mundo da lua, agora já era capaz de conquistar o mundo todo usando sua própria força interior.

Ficamos ali por algumas horas a contemplar a lua e sentindo dela a força energética capaz de nos empoderar. Uma sensação de prazer e bem-estar me tomou e não pude perceber quão rápido havia passado o tempo, até que Vovó Catarina nos alertou que já estava tarde e devíamos ir pra casa dormir. Vovô imediatamente concordou e me disse que era melhor irmos dormir, pois no dia seguinte eu iria o auxiliar em uma atividade muito importante, uma das atividades mais importantes do sítio.

TITICA DE GALINHA

Na manhã do dia seguinte, ao acordar, vovó Catarina já me aguardava com aquele delicioso leite tirado da vaca Dolie, a preferida de meu vovô Antenor, acompanhado das mais saborosas quitandas que a vovó mesma preparou para o nosso café da manhã. Após tomar o café da manhã, vovô Antenor me chamou para eu ir com ele para a atividade tão importante do sítio.

Vovó Catarina me preparou com avental, chapéu, botas.... e saímos caminhando em direção ao galinheiro, é claro que eu não estava compreendendo muita coisa. Ao chegarmos no galinheiro, vovô Antenor já havia amontoado todos os resíduos produzidos pelas galinhas durante toda a semana. Confesso que o cheiro não estava bom!!! Mas vovô foi logo me pedindo para ajudar a colocar todo aquele amontoado de resíduo no carrinho utilizando a pá, achei aquilo tão legal que até me esqueci do cheiro...

Foi quando vovô me disse:

— Valência, você sabe o que é isso que estamos colocando no carrinho?

Respondi rapidamente, me atentando a algo que não me deixou muito confortável:

— Claro que sim vovô!! São as cacas das galinhas, as titicas das galinhas, é por isso que não cheiram bem. O senhor está completamente certo vovô, é preciso tirar isso daqui logo e jogar fora.

Já pensativa e com o semblante entristecido, acrescentei:

— Vovô Antenor, é por esse motivo que meus colegas dizem que eu tenho titica de galinha na cabeça, é porque titica de galinha é uma coisa muito ruim, cheira mal e precisa ser descartada pra deixar o ambiente prazeroso? Eu já entendi tudo vovô...

Sem conseguir me conter, comecei a chorar.

Vovô Antenor se ajoelhou diante de mim, me olhou nos olhos, limpou minhas lágrimas com um lencinho que tinha no bolso e disse:

— Isto mesmo Valência, que é titica de galinha, você tem razão, mas que isso é algo muito ruim e precisa ser descartado, aí você precisa saber de algo mais sobre as titicas das galinhas, que são exatamente o motivo que te trouxe aqui. O carrinho já está cheio, agora vamos levá-lo para a horta?

E lá fomos nós para a horta, vovô Antenor empurrando o carrinho e eu carregando as duas pás. É claro que uma ansiedade começou a me rondar, queria saber logo o que eu precisava saber...

Ao chegar na horta, vovô Antenor deixou o carrinho com as titicas de galinha próximo de alguns canteiros que ainda estavam sendo preparados para o plantio e me pediu para pegar uma cesta que ali ficara pra auxiliar na colheita dos alimentos que já estavam prontos para colher e começamos a caminhar pela horta colhendo as verduras e legumes que iriam ser preparados no almoço, tudo tão perfeito. Vovô então percebeu que meu semblante entristecido estava dando lugar ao entusiasmo com a colheita, foi quando me perguntou:

— Valência, você sabe o que temos que fazer para colher verduras e legumes de qualidade como esses? De onde vem grande parte da força para eles crescerem assim?

Eu disse logo o que sabia:

— Sei sim, vovô Antenor, vem da terra.

E logo acrescentei mais algumas informações, entre as poucas que consegui captar na aula de ciências:

— Mas me recordo que a professora de ciências disse que também é preciso água, luz solar e oxigênio para as plantas respirarem, assim elas crescem muito e saudáveis.

Vovô deu uma grande risada e me falou:

Isso mesmo garota, você agora demonstrou que tem prestado bastante atenção nas aulas de ciências, mas tem uma coisa muito importante que sua professora de ciências não lhe disse, além de tudo isso, as plantas também precisam de uma energia extra muito importante para o bom desenvolvimento delas, assim como nós precisamos da energia que vem das vitaminas pra crescermos com saúde.

Quando vovô me disse isso, parei e fiquei observando, me coloquei a pensar de onde viria essa energia extra, mas não demorou muito para vovô esclarecer:

— Nós, seres humanos, precisamos de água, do ar para respirar e dos alimentos pra nos alimentar, e essa alimentação tem que ser rica em vitaminas e minerais. Quando isso não acontece, compromete nossa saúde. Com as plantas é a mesma coisa, elas se alimentam dos nutrientes que vêm da terra, mas pra elas crescerem e produzirem alimentos com a qualidade que a gente espera que elas produzam, precisam dessa energia extra que além de importante para a saúde das plantas, é também muito poderosa para garantir a qualidade de sua produção.

Já não me contendo de tanta ansiedade entrelaçada à curiosidade de saber de onde viria essa energia extra, logo perguntei:

— Mas, vovô Antenor, de onde vem essa energia tão poderosa assim?

Ao perceber minha curiosidade, vovô Antenor me convidou para chegar próximo ao carrinho com as titicas de galinha que nós mesmos havíamos recolhido no galinheiro e falou:

— Minha neta Valência, é exatamente daqui que vem toda essa energia extra e tão poderosa pra que a gente tenha verduras e frutas tão viçosas em nossas mesas.

Quando vovô Antenor disse isso, não consegui esconder meu espanto.

— Como assim, vovô Antenor? Vem da titica das galinhas?

Ele então explicou:

— As titicas são um fertilizante muito poderoso, adubo natural para as plantas, não agride o meio ambiente, não prejudica a saúde do ser humano. É que elas contêm um superpoder capaz de potencializar o fortalecimento das plantas, faz com que elas cresçam de forma saudável, acelera seu crescimento, as nutrem de vigor, corrigem suas fragilidades e ampliam sua capacidade de produção.

Ao ouvir vovô Antenor dizendo todas aquelas palavras, minha imaginação eclodiu e mentalmente comecei a visualizar as plantas a partir de suas raízes fincadas no solo adquirindo superpoderes com o então antílope Titigali!

Vovô Antenor ainda continuou a explicar:

— Com certeza, sem esse superpoder, as plantas não cresceriam, mas sim definhariam.

Ele ainda acrescentou olhando em meus olhos:

— Quando você me disse que seus colegas estavam dizendo que você parece ter titica de galinha na cabeça, tive grande orgulho de você, Valência. Acredito que se você realmente tiver titicas de galinhas, as titicas que você carrega aí dentro têm a mesma função na sua vida. Com certeza, te revigoram diariamente, potencializam seu fortalecimento, corrigem suas fragilidades, e o que é mais importante, ampliam sua capacidade de produção. Agora, o que resta é você decidir se realmente tem titica de galinhas na cabeça... se tiver, não se permita definhar, se fortaleça, revigore, mostre a todos o quanto é capaz de produzir e a qualidade de suas produções!!!

Quando vovô concluiu sua fala, tomada por uma imensa emoção, sussurrando, pedi que ele chegasse mais próximo de mim, mais que depressa ele se aproximou ainda mais, dei-lhe um forte abraço.

— Vovô Antenor, eu te amo muito!!!! Muito obrigada por me mostrar ser quem realmente sou.

Sempre sofri por permitir que conceitos que não me descrevem entrassem em meu coração, mas agora me reconheci.

Nesse momento, percebi que vovô Antenor era quem precisava do lencinho.

Pegamos a cesta com os verduras e legumes, seguimos caminhando de retorno para casa, vovó Catarina já nos esperava para preparar o almoço.

Ao retornar da fazenda para minha casa, meus pais, colegas, todos que conviviam comigo, puderam perceber minha mudança de comportamento. Naquele momento, já internalizava que os conceitos negativos a mim ditos, já não mais importavam, já não mais faziam sentido..., mas o que realmente importava era o que eu faria com as palavras que me eram ditas... já havia decidido que a partir daquele momento, tomaria em minhas mãos a batuta e toda sua autoridade que marcaria o compasso que rege a execução orquestral das minhas emoções, afastando da condução de regências, meus medos, traumas, frustrações...

NOSSOS CAMINHOS

Quando terminei de contar minhas experiências à Felícia, observei que ela estava totalmente sintomatizada pelo intenso brilhantismo daqueles sentimentos de resiliência, autoconhecimento e autoconfiança que se refizeram dentro de mim. Percebi que minha trajetória não só havia lhe despertado a atenção, como consegui ver um pouco além, talvez agregaria a ela um novo permitir se reinventar, reconstruir... ou quem sabe um resiliar...

Felícia permaneceu, desde o início da escuta, sem dizer nenhuma palavra. Ao perceber que eu havia concluído, respirou profundamente, afastou-se de cabeça baixa, retornando para a sala de aula, ainda sem dizer nenhuma palavra.

Pra dizer a verdade, continuei sem ter êxito em minhas tentativas de aproximações com o intuito de construção de uma amizade inseparável, assim como eu e Oriana éramos. Porém, se seríamos amigas inseparáveis, já não me importava tanto, o que mais me importava a partir daquele momento que vi em seus olhos um felicitar diferente, era saber se Felícia se reconheceria no que realmente ela é...

Mas tem uma coisa que eu não posso negar, desejei mais que ser uma amiga de todas as horas para Felícia, desejei vê-la seguindo em frente, sem se importar com os olhos que nos olham com espanto, mesmo diante das experiências negativas que ela já vivenciou, complexas como são, ou que ainda poderão surgir.

E como vovô Antenor não me ensinou a conservar as pessoas queridas sempre próximas a mim independentemente do tempo, então o tempo passou, passou muito e como todo mundo, eu e Felícia crescemos... crescemos, apesar de tomarmos caminhos diferentes, nos tornamos pessoas ainda mais legais e interessantes... que na próxima obra eu ei de te contar...

Mas, foi aí que descobri que não importa se a estrada da vida tenha sido dura, o desafio é fazer dela uma boa caminhada. A estrada muda quando o caminhante caminha no caminho bom da vida.

Até a próxima!!!!

PRÊMIO
Escritora do ano

SOBRE A ILUSTRADORA

Lídia Vasconcelos Farias nasceu em Marco, Ceará, no ano de 1992, onde vive e trabalha até os dias de hoje. Lídia Farias é considerada uma ilustradora digital de grande potencial, conseguiu compor sua própria identidade artística, com estilo e traços de ilustrações próprios. Cursou administração e marketing, mas sua maior paixão, desde a infância, foi desenhar. Em sua experiência com o trabalho em marketing, sempre tentou encaixar a ilustração de alguma forma. No final de 2018, começou a se dedicar ao desenvolvimento de desenhos digitais. Algo completamente novo, pois Lídia Farias, até então, sempre utilizou o papel para compor seus desenhos. Foi quando descobriu que realmente desejaria se empenhar em projetos que envolvessem trabalhos com ilustrações por meio da Arte Digital. Em 2019, começou a investir, estudar, se aperfeiçoar e, finalmente, encontrou sua identidade e estilo de ilustração. A partir desse momento, começou a ilustrar para empresas, escritores, para presentes e se realiza nas realizações de ilustrações para livros infantis e infanto juvenis, no qual também já desenvolveu diversos trabalhos como capista.